带一首诗去旅行

滴水 著

暨南大学出版社
JINAN UNIVERSITY PRESS

中国·广州

图书在版编目（CIP）数据

带一首诗去旅行／滴水著．—广州：暨南大学出版社，2016.6
（2016.7 重印）
ISBN 978－7－5668－1787－7

Ⅰ.①带…　Ⅱ.①滴…　Ⅲ.①诗集—中国—当代　Ⅳ.①I227

中国版本图书馆 CIP 数据核字（2016）第 063383 号

带一首诗去旅行
DAI YISHOUSHI QU LUXING
著　者：滴　水

……………………………………………………………………

出 版 人： 徐义雄
策划编辑： 崔军亚　杜小陆
责任编辑： 崔军亚
责任校对： 周海燕
责任印制： 汤慧君　周一丹
本书插图： 肖壮悦

出版发行： 暨南大学出版社（510630）
电　　话： 总编室（8620）85221601
营销部（8620）85225284　85228291　85228292（邮购）
传　　真：（8620）85221583（办公室）　85223774（营销部）
网　　址： http：//www. jnupress. com　http：//press. jnu. edu. cn
排　　版： 广州良弓广告有限公司
印　　刷： 广东省农垦总局印刷厂
开　　本 890mm×1240mm　1/32
印　　张： 4.75
字　　数： 94 千
版　　次： 2016 年 6 月第 1 版
印　　次： 2016 年 7 月第 2 次
定　　价： 28.00 元

目录

向西向西向西

华山·美景

最美的风景，
不敌你的表情。

险峰上的白碎花，
一树孤傲。
你静静的侧脸，
如它。

云中　双峰夹着一抹蓝天，
像极了你的抹胸连衣裙，
当你转动你的腰线，
双峰再不入我的眼。

云霄峭壁　凌空栈道，
你就爱这极限的挑战。
脚下千丈　背后无靠，
单手攀岩也要拍下你的笑。

华山一行，
我只看你的表情，
那是最美的风景。

西安·新古城墙自白

数百年，
刹那云烟。

烽火依稀在眼前，
却是爆竹声响，又一年。
战车已然不见，
单车绕城，一圈又一圈。
当年箭楼窗前，射出去了弓箭，
今日相机一架，摄进来了光线。
光线明暗，
暗的是城墙封锁住的从前，
明的是都市开放了的光鲜。
再怎么想复制从前，
怎敌世事变迁。
正楼不再需要司令员，
就是最大的心愿。

鸣沙山的独白：致月牙泉

你可知道为何我夜夜沙沙鸣响？
那是我在思念几千年前的故乡。

你可知道为何我日日五色流沙倾斜？
红是我奔腾的血液，
黄是我本性的狂野，
蓝是我向往的天界，
白是我理想的高洁，
黑是我刮起的肆虐。

我本应肆虐到更遥远的地方，
或回到大漠的故乡，
可我就停在了这寂静的异邦。
哦，不，不是停驻
是守护
守护那安安静静的月牙，一湾。

你可知道为何我夜夜沙沙鸣响，
因为月牙泉的光
夜晚如此明亮。

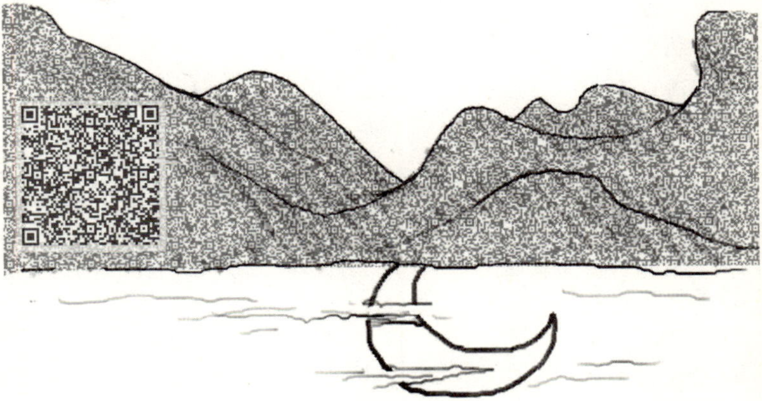

青海·没有

没有油菜花，
没有鸟岛，
没有环湖，
没有骑行，
没有清真寺，
没有酥油茶。

那你来青海湖干吗？

想来赏赏油菜花，
看看湖映沙，
喝喝酥油茶。
心中自有画。

青海·尕海

遇见你之前，
见过了太多的美。
见过了草原的青葱，
见过了沙漠的热浓，
见过了绵山的沉重，
我以为他们绝美得不可相融。

哪知道
草原为你铺了地毯，
沙漠为你筑了城墙，
绵山为你雕了楣板。
是什么让他们簇拥着你哟？

直到
我静静地看着你，
呆呆地望着你，
竟分不清你与天空的距离，
分不清是你倒映了天空，还是天空倒映着你。
那一刻
我懂了

所有人都在猜测着你，
而你，
心净，而已。

青海・湖心

听说
仓央嘉措在此绝迹
成了迷

听说
湖中水怪在此出没
有鬼魄

你只听说
你只疑惑

那就这样吧
我的心不需向谁解释
只要天空懂得
我蓝色的层次

青海·错觉

你看到了月亮和飞鸟
我看到了月亮和帐房
哦
那不是飞鸟
那是云雾缥缈
那不是帐房
那是远寂经幡
那又如何
我们都看到了美丽的景色

青海·调色板

亲爱的白色小羊，
你可知你点缀了整片灿绿山陵？
亲爱的灿绿山陵，
你可知隔壁住着满黄满黄的麦地，
和星星点点艳黄的油菜花田？
亲爱的绿坡、麦地、花田，
你们可知你们被粘成一整块调色板儿，
挂在飘着白云的蓝布上？
亲爱的蓝布，
你可知地上一汪绿水倒映着你，不分朝暮？

哦，亲爱的精灵们，
住进来吧。
住进藏族卓玛的三角帐房里，
来装点我的脸庞，我的眼睛。
我心爱的人儿，
今晚就要来临。

——哦，亲爱的卓玛，
请让我们住进你的心灵，

那儿才是最接近调色板的地方。
即使上天给了你一块调戏的布板，
阴黑灰潮暗冷歪，
你也能泼洒一墙亮彩，
红绿蓝黄橙紫白。

川藏

折多山

山脚的鲜花，
请别怨我不停留，
并不是你不够美丽，
我要去捧那山顶的雪花。

山脚的湖水，
请别怨我不流连，
并不是你不够温柔，
我要去踏那山顶的冰川。

山路好多折，
折不了我的热情；
坡度好多陡，
陡不掉我的坚持。

只愿存留一点气息，
在那山顶回望，
大喊一句：
漂亮！

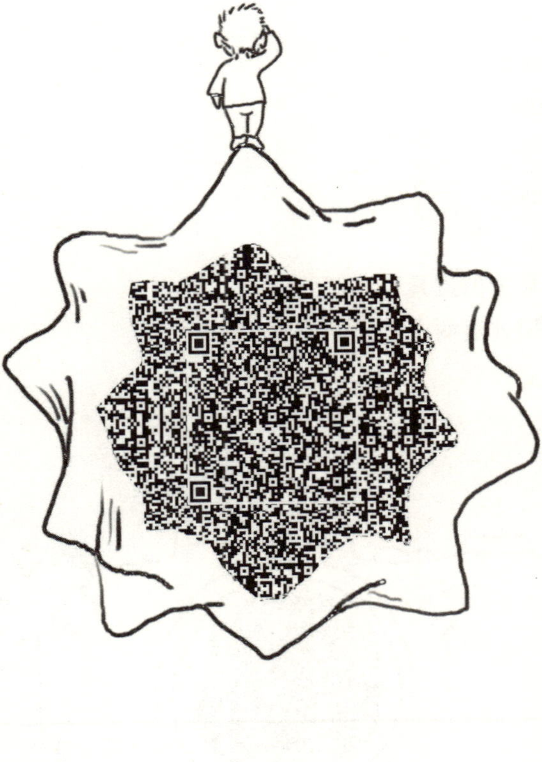

四月新都桥

来得不是时候，
草不是绿的，
溪不是长的，
牛不是壮的。
那又怎样，
天堂是摄影家的道具，
人间有缺陷才美丽。

泸定藏舞

谁说四月的泸定没有花开?
你看那渡河旁跳舞的女孩
笑靥如花。

谁说傍晚的泸定没有色彩?
你看那跳舞姑娘的藏服
红绿蓝黄橙紫白。

谁说大渡河汹涌又澎湃?
不及泸定阿佳旋转的裙摆。

理塘

不要问我从哪里来，
我的目的在拉萨。
一起去吗？
——哦不，
我想这片山应该挺美的，
我就去那儿！

邦达的等待

一小时一班的汽车，
我愿意等的，
该来的时候来，
该走的时候走。

不准时的飞机，
我愿意等的，
终究要来的，
错不了。

但愿意搭我们的便车，
无论我祈祷，或是不祈祷，
它爱来，不来。

慢慢　心如四月的邦达草原，
枯黄，却用力睁着一丝早春的绿。

“上吧，直接带你到拉萨。”
绿草，终于睁出来了！

下次等待，
会如盼春，
安安静静，
不悲不哀。

八廓街

经轮绕着打满圆孔的贝壳
一圈，一圈
佛珠绕着长满老茧的手指
一圈，一圈
老人绕着供满佛像的寺庙
一圈，一圈

只为转来生

可知活佛仓央嘉措
也转进了现世的爱恨情仇

何不，善此生

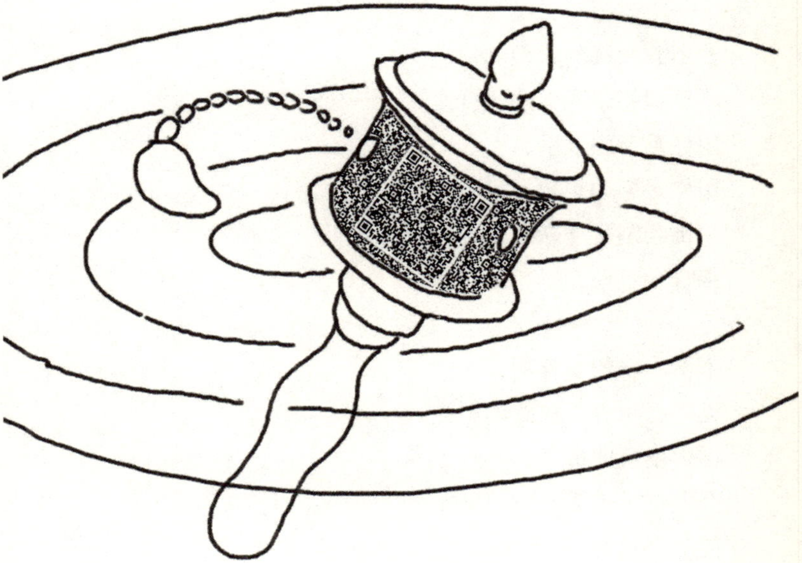

千佛塔

请不起法师的人们啊，
不要担心亲人无法超度。
用你勤劳的双手，
用你多彩的想象，
为佛绘制一件新装，
佛自会感动。

不愿示弱的女眷啊，
无须忍耐男人故意的眼光，
用你虔诚的勇气，
登上这千佛塔，
佛自当欢喜。

冬日纳木错之一

窥见你的那一刹那，
鼻酸、眼涩、心燥热。
那一刻，
虔诚跪拜在你那一系“白哈达”上。
只为
那面对寒冷或狂热时一如既往的平静，
那面对得意或失意都不顾他人的矜持，
还有，还有，
那拥抱无限的宽容。

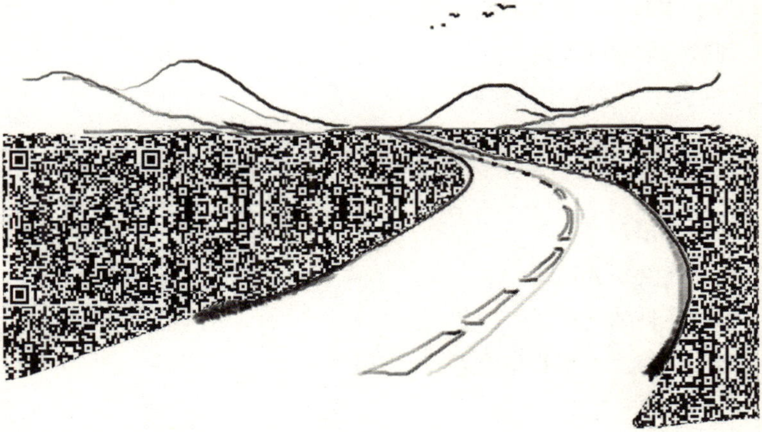

冬日纳木错之二

为了你那不可思议的蓝而来，
却听说你封冰不醒。
“别去了，去羊卓雍错吧。”
“结冰了，也还是纳木错。”
一见。
羊卓雍错，
纵使你终年美艳，
不敌冬日纳木错，
与天，与地，与心相连。

在水一方

来沙滩办场婚礼，好不好

来沙滩办场婚礼，好不好？
不是那人皆可到的沙滩，
是那遥远孤独的海湾。
遥远得如天边星辰，跋山涉水才能到达；
孤独得如海上灯塔，相互照亮才能不怕。
我不怕，因为
没有什么比你的离开更加遥远，
也没有什么比你的拒绝更加孤独。

来沙滩办场婚礼，好不好？
不是那人人可贺的婚礼，
是场自言自语的仪式。
我们只邀请最挚爱的亲人和好友，
他们会奔向大海尽情玩耍。
我们会讲述我们的故事，
但玩耍的人们无须听到。
当他们都睡下了，
你会抱着我，
我会唱我给你写的歌，
白沙为毯，月亮打灯，涛声奏乐，鱼跃伴舞。

遇见最美的时光

只有一条路
我比他们早了几步
拐弯处
太阳的金子铺满了水库
一瞬，消失
像只愿为我献上这一幕

我给他们讲述
不，这怎么能够讲述
最美的时光，只能自己遇见

他们说看到了我看不到的最美的雾
我不羡慕
走下去，
总会有阳光和雨露

帐篷在沙滩

打开天窗
让星星进来
打开帐门
让海风进来
还不够
要把帐篷送到月亮边上
像两朵小伞在空中
自由飞翔

找　北

你躺在沙滩上
我靠在你胸脯旁
没有方向感
不分西北东南

抬头看
月亮弯弯
在夜里黑暗了太久
忘了还有天珠的明亮

你握着我的手指向天空
画出勺子的形状
我知道
那是叫北斗七星的臆想

你说七星对着的那颗星最亮
那就是北的方向

在黑暗中寻找北极星的人
总会看到光亮

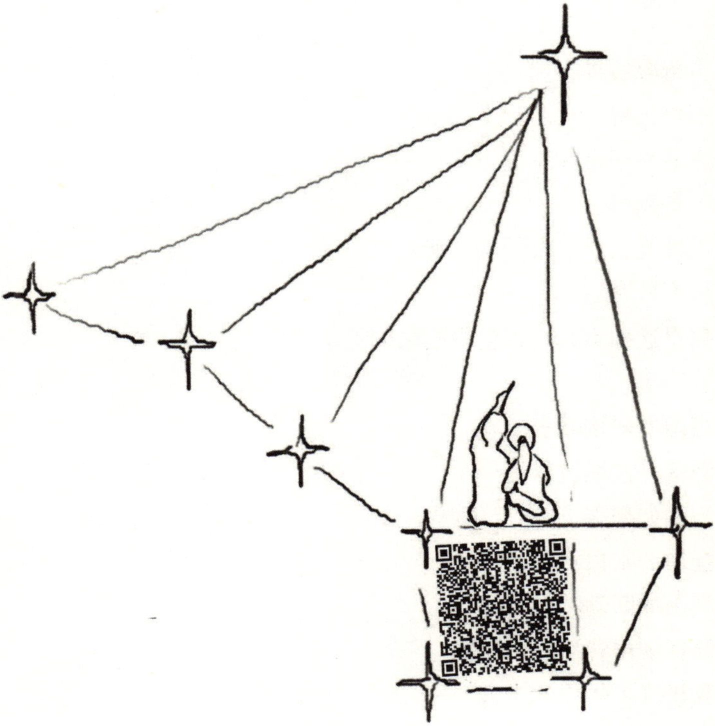

烟雨漓江

当鱼鹰被绑在扁担上
不再飞行
当渔翁等待在岸边
不再歌唱
当排筏长成了竹子的形状
却不再腐烂
我想这称不起天青色等烟雨的浪漫

当雨如翠柳叶子
洒落一江微波绿缎
当烟如仙雾下沉
抚摸一水白石翠山
当山如跃动精灵
躲在烟雨背后忽闪忽现
我想许下等你的诺言——

在这山涧
砌一间房子
早打鱼，晚收烟
无论世事变迁

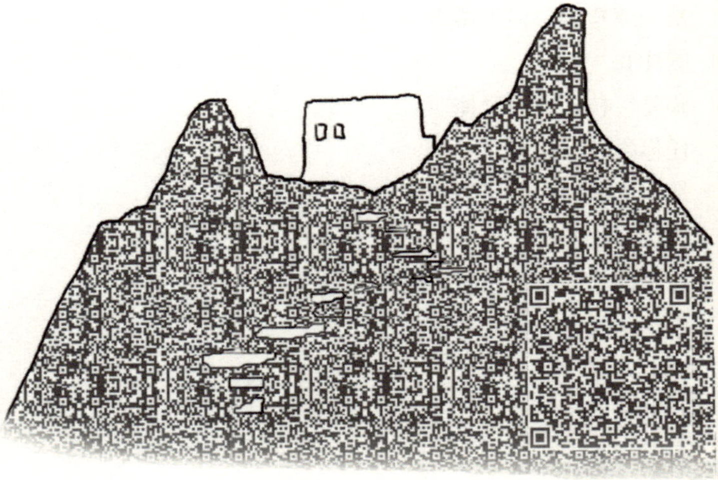

水月洞天

三月的雨烟
是一道弯弯白白的幕帘
围住我
藤蔓绕枝，虚门紧掩
任你敲打、拉牵
烟聚成的门，散了终又连

我躲进了一个小小暗暗的移动城堡
你牵着这座城堡和那扇幕帘
爬山万里
涉水三千
终有一天
一轮皎月悬挂天边
没错，那是久违的光圈
穿过幕帘，透过城堡里唯一的洞穴
点亮了洞里的熔岩

这么多年
哪里来的水月洞天

云的影子

从未注意到你的存在
或是在晴天，或是在阴天
我只看到人或物的影子
小小挤挤歪歪

突然发现你的存在
当十九人的小飞机低空飘在海上
我看不见自己的影子
我只看见你——云在海上的影子
一朵朵入梦深蓝
一朵朵如生跳跃

愿寻得一片海，映出一片云
飞到云上看云影
不看自己

异域

善导寺

无知地，
我像一个小孩，
站在一群神塑中间。
那神塑为何笑我？
那神塑为何瞪我？
喝饱了豆浆的好奇心无法解说。

漠然地，
我是一个旁观者，
看着女法师教那男子跪拜。
十万拜代表什么？
十万意念能成全什么？
声音进不去站得远远的耳朵。

贪婪地，
我是一个伪信徒，
女法师执意以她的佛书与我结缘。
佛书说什么？
佛书会看么？
夜晚的捷运站，女法师将拿书给我。

急躁地，
我像一个饿了的小孩，
那佛书落在了公交上，没随女法师而来。
随它吧，
有缘再见吧。
我以为我深谙佛道的释怀。

害怕地，
我像一个迷失者，
被动地听从女法师的安排。
“你随我去拿佛书吧。”
“你一定要拿到。”
这陌生的女法师到底要带我去哪？

惭愧地，
我像一个多虑的老人，
模糊的眼睛模糊了这世界的善意。
“善心篇请你看。”
“善终篇请你念给老者听。”
书将要打印，女法师纠正着每个输向世界的字。

匆匆地，
我是一个过客，

即将远离。
你的名字是什么?
你的地址在哪里?
女法师说佛书是我们最好的见面地。

惊喜地,
我听到一个声音，在离开的站台,
女法师追了上来。
——计数你的拜,
记住你的愿,
你自会明白。

等待飞鱼

造一叶平板舟
晒在岸上
等待飞鱼

租辆机车
每天环岛，找到最美的海角
等待飞鱼

脱掉鞋子
坐在海岸边的凉亭上吹风
等待飞鱼

带个相机
躺在青青草原上，看日落，看银河
等待飞鱼

扮成男人
踏上达悟族人出海的船
等待飞鱼

念出先人与飞鱼的契约
明年三月
再来兰屿
等待飞鱼

第一次看雪

雪
终于在空中飘着
心里的惊喜像隔了一层泡沫
假假的
二十年的等待
换来了嘴皮子上的欢欣
你期待的是飘雪
还是第一次？
你刷新的是心灵
还是纪录？

诗意地栖居

许我一座冰冷的宫殿，
不如给我一间五彩的平房。
造我护城河上举世无双之城堡，
不如赐我幽然林间平平凡凡一小屋。
只愿如小鸟一样辛勤地经营，
如家犬一样忠诚地守候。
最后，
如托尔斯泰一样，
长眠在这厚土里，
春暖草长，冬来雪披。

圣　水

这是一口普通的冰窟
厚厚的冰下裸露着安静的水
像极了初创的伤口
水滴结成的冰柱
是它慢慢修复的结痂

这是一口千年的冰窟
夏去，冬至
伤口被揭了又好，好了又揭
神说要受洗
人们称它为圣水

有人跳下了这冰窟
只因敬仰神
寻找一处圣洁

有人跳下了这冰窟
只因祖祖辈辈的教诲
篆刻了这虔诚的跟随

有人跳下了这冰窟
醉醺醺的头脑
只有它才能唤醒

有人跳下了这冰窟
昨日的肮脏洗尽
今日的肮脏带着圣水的牌照

有人跳下了这冰窟
嘴里念着佛经，手里画着十字形
神不止一个，平静只有一处

世间所有的冲动
不知是二，还是勇敢

家

飘窗

我想拥有一扇落地飘窗
这是我和外面世界联结的方式
外面的峻美建筑
恰似一个纤细腰身的蛮女
亭亭玉立于我的面前
我可以环绕着拥抱她　随时
如果我愿意

我想拥有一扇落地飘窗
这是我和外面世界隔绝的方式
街上的公交、轿车、行人
都成了不说话的哑巴
他们是一块块移动的积木
我可以俯瞰着伸出长长的手捏走他们　随意
如果我愿意

为什么小时候的房子没有飘窗？我问
不是没有飘窗
是飘窗没有落地玻璃
一片敞开着的空气

一眼望去
麦田绿地

帐篷在客厅

没有原野
我用阳台的花来装点你
没有高山
我移开所有杂物来伟岸你
没有涛声
我打开音乐盒来萦绕你
没有星空
我捉来萤火虫来照亮你
没有情人
我和梦想来享用你

花瓶下的洞

我捧起了一个花瓶，
看看它底下有没有洞。
我捧起了每一个花瓶，
它们底下果真都有洞。
我拿起一把斧头，
在我新种的杯子底下，
轻轻敲出来的一洞，
多边形，有刺。
花和泥土，
就喜欢这样的——
遇到空气就自由。

求婚玩偶

简单的灯
自制的光
一颗心的图案映上了白白的墙
摇摇晃晃
像极了你的心跳

你左一点
我高一点
你我的影子躲进了心形的图案
多么巧妙
定格一对玩偶的形象

有的亲嘴
有的牵手
有的碰额头
还不够
你说我们比画一对求婚的玩偶
你跪下，我伸手
忽然
戒指就戴上了我的手

嫁给我吧
原来这都是你事先预谋

黑夜灯光中的幸福玩偶
心已被对方虏走

一箱往事

把往事锁在抽屉里
老鼠也不敢去亲昵
像诱饵
香气却勾魂

把往事锁在抽屉里
保管人也会有累的时候
谁愿意承担不窥探的诺言
人走了
抽屉还在
谁人看

把往事锁在抽屉里
曾经被烧过的情书
一缕香魂
归还来

把往事锁在抽屉里
油菜籽，晴天娃
犹唱当年的生日歌

幸运星，千纸鹤
身在瓶子
心在银河

把往事锁在抽屉里
老照片寻找着主人
哭不像
主人寻找着老照片
笑不像

把往事锁在抽屉里
只为了
再看时
梦犹在

旅行的方式

青旅涂鸦

2010 年
她徒步
在这儿住了半个月
无缘无故

2011 年
他骑车
上坡不走，下坡不停，遇车不搭
他只停了一宿
寻梦去了

2012 年
你自驾
原本无须来这儿
只为遇见
逝去的年华

2013 年
我搭车
不愿直达目的地

旅途
不应只有风景

今晚
我们在这儿
隔空相聚
只为
青春

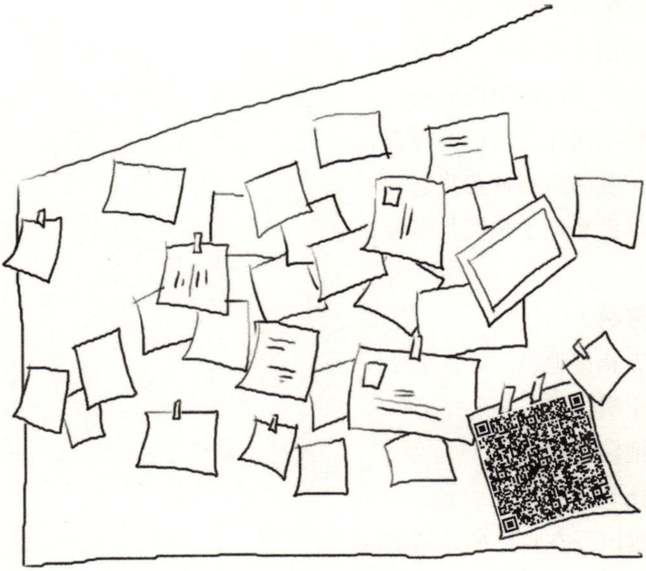

一个人的旅行

总会有那么一丝恐惧，
害怕长路上没有落脚点，
害怕路人莫测的双眼，
害怕单薄的身躯跨不了水万山千。

但，
当陌生的司机把我拉起，
我抑制不住好奇与欣喜。
当大雪淹没山路的痕迹，
我感叹这才是历练与神奇。
当驴友的拇指冲我竖起，
我早已忘却了怯懦与迟疑。

长路啊，
与天相接吧，
汽车啊，
别把路跑到头咯。
就让我听着歌，
永远沉浸在自己的思绪里。

两个人的旅行

背起行囊,
我说,
你是你,我是我,
我们走的,是并肩却独立的平行线,
我们背的,是各自能承受的行囊,
我们拥有的,是可分享却不可侵犯的思想。

可是,
当分离在路的尽头,
才发现——
雪山上若没有你灿烂的眼眸,
夕阳不会如此从容;
险峰上若没有你淡定的歌喉,
山花不会如此温柔;
青旅因有了你的冷笑话,
空气反显得暖了;
公路因有了你的陪伴,
等车的时间也没那么长了。

此刻,

离别并不悲伤，
我已相信你说的，
结局注定是好的，
过程为何要忧伤？

重逢在即。

搭车去旅行

与天相接的长路上，
我挥手，期盼
期盼有一辆车，
带我去远方。
请不要问我远方的名字，
请不要问我到达的时间，
我只想
听着风吹得车窗啪啪地响，
闪过每一处风景。

车马穿行的出城口上，
我挥手，遥望
遥望那一扇为我摇下的车窗。
你带一片好心，
我带满心感激；
你带一点欣赏，
我带一点鲁莽；
你聊你的人生，
我谈我的旅程。
你说，有我，路途变成了旅途，
我说，有你，我看到了另一种风景。

若你从未自驾去旅行

若你从未自驾去旅行，
请你相信，
当你驰骋在青藏高原的柏油路，
你会错觉打开了虚拟网络的屏幕；
当你爬坡在十拐八弯的山路，
你会惊叹每一拐的那山、那水、那雾。

若你从未认真感受过自驾旅行，
请你再次前行。
当你缓缓驶在乡野小路，
你不会忍心按喇叭去惊醒那一纸画布；
当你绕在陌生的古镇岔路，
你会感恩美丽的迷宫将你困住。

而当你归来，
蠕动在蜿蜒起伏的高架路，
前面那一辆辆卡车，却像是小孩的玩具，
不再让你厌恶。

远行，

不是想逃离熟悉的路，
只是想在归来时，
冰冷的房屋变成彩色的积木。

走马观花

一部电影
一段索桥
一个杜撰的爱情
赚取了
一分钟的眼泪
一次莫名的旅行

人们总在别人建构的美好中走马观花
而忘了永恒的幸福在哪

到　达

嘿，加油！
——加油
这是骑行者收到的鼓励与自我鼓励。

好样的！
——呼呼
这是徒步者收到的手势和自己喘出的气。

能搭我一程吗？
——上来吧
谢谢谢谢。
能搭我一程吗？
——不好意思，我只到不远处。
谢谢谢谢。
能搭我一程吗？
——给多少钱？
不用了，谢谢。
这是搭便车者的请求和车主的回应。

——唵嘛呢叭咪吽

这是磕长头朝圣者嘴里和心里的默念。

——到了，下车拍照。
这是观光巴士上间隔性的播报。

或许，
重要的不是到达的目的地，
而是到达的方式。

邮　戳

黑色的邮戳并不漂亮，
只有时间和地点给人遐想。
盖一个给好友寄去，
告知他思念可以跨越时间和天地。
盖一个给自己留着，
走远了也记得来时的足迹。

耳机

不能让人知道是我不合群，如坐针毡
我躲进了四四方方的车厢
不能让人知道是我不善言谈
我戴上了耳机，像锁一样
不能让人将我一眼看穿
我避开了所有人的眼光，望向车窗

窗内熙熙攘攘
窗外一马平川
与我无关
耳机的权利
就是你可以像死去一样

可我没有死去
我的灵魂在一个封闭的地方
无限膨胀
只有歌声能够安抚
一个渴望强大的灵魂在不适中的异样

安抚吧，歌声

我好像听到了儿时的幻想
安抚吧，歌声
我好像看到了过去的景象
安抚吧，歌声
只要你能够暂时带我去远方

不敢
不敢将耳机摘掉
害怕一摘下就听到破碎的声响
和无力的自我嘲笑

交通工具

地铁

我以为我看清了这个世界
有人痴睡
有人狂笑
有人伴着音乐摇晃
有人随着人群跌倒
有情侣相依
有相依情侣分散
有孩子于大人怀中甜梦
有大人只在甜梦中才能孩子
有人书中淘宝
有人宝中无书
有人穿上高跟鞋也达不到欲望的高度
有人的欲望还没有高跟鞋那么高

灯光把整个车厢照亮
我以为我看清了整个世界
不料
我已随着我的世界
穿梭在隧道的黑暗之中

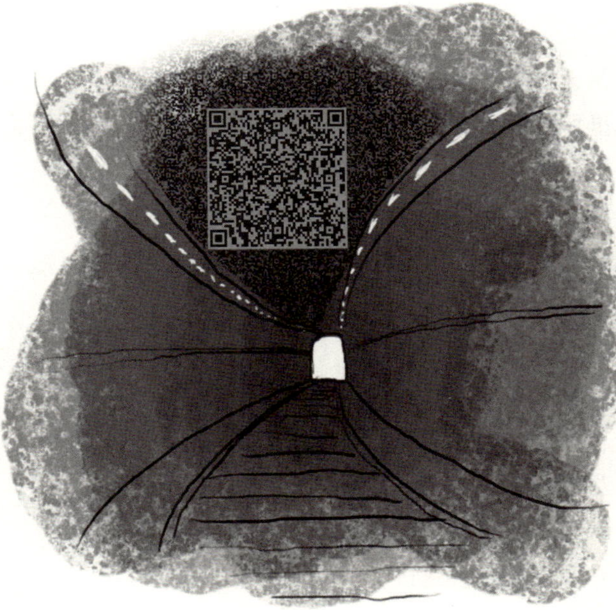

单车

整个冬天我都在寻觅
雪地里那条深深长长的痕迹

夏天的赛车场
你只凝视你的方向
却带走了我唯一的目光
你和你心爱的单车
在环形赛道上
一圈一圈　画出
我心爱的波板糖的形状

那糖中甜蜜的幻想
差点让我遗忘
赛车手的单车
是没有载人的后座的

我终于决定在秋风萧瑟时离开
你却骑着单车追来
依然没有后座
“坐在前杠上吧”

你说
冬天的雪地里
那条深深长长的痕迹
就是
单车、我和你

公交

梦想的那个地方
只有它才能到达
每隔 30 分钟一班的公交
我愿意等的

可是站台上
野花太美
楼宇太宏伟
广告牌里的帅哥还抛媚眼
于是 我走了神
它在我梦时来了?
又在我眼前走了

恶心的尾气让我醒悟
眼前的这些都不是我的
我的　在那个梦想的地方

等待
如果只是发呆
注定不会有美丽的　错过

双城大巴

我从落满夕阳的地方出发
归去的心似天边瞬逝的彩霞

沿海线上的大巴
穿过海市蜃楼的繁华
掠过芦苇丛中的鱼栅
本是最靓丽的风景
却闯不进归去的心灵

大巴上催眠的声音
一层一层
进入梦境
梦里那条深深长长的弧形
一圈一圈
绕着我的城、你的地
不停

终于
我在繁星闪烁时到达

“累了吧?”
星光恰是最好的回答——
交会固然互放光亮
独秀亦能意境悠长

我又在星光褪去的地方出发
心似天边渐升的朝霞

机车

呼嘟嘟嘟——
呼嘟嘟嘟——
这排气管是含了润喉糖
竟唱出了音乐
只有这音乐的粗犷
跟得上要开到天荒地老的心脏

呼啪啪啪——
呼啪啪啪——
这风是自带了鼓棒
敲在了摇摆的皮夹克上
只有这随性的鼓点
不被漫无目的的路线打乱

呼，呲——
这刹车是吃了豹子胆
要你将我紧抱
看那也被天抱紧的海岸

飞机

天边的那颗星星为什么会动？
“因为星星是会闪的呀。”
不是，奶奶，你看，你看，
天边的那颗星星为什么会走？
“因为它要飞到妈妈那儿，把你的想念告诉她。”

星星，告诉妈妈，
等我长大了，坐星星去找她。

定格斑马线

把我定格在斑马线上，
我要看清这人来人往。

人们因为红灯聚在一起，
因为绿灯相遇、抢道、散离。
相聚却无交集，
擦身而过也无遗憾迟疑。
倘若黄灯让我们交舞一曲，
也许路上就不那么孤寂。

有人塞着耳机，
有人敲着车铃，
有人低头看手机，
有人转头看车行。
匆匆，皆匆匆，
谁来与你共舞一曲？

脚下的线黑白分明，
是供高跟鞋来踩奏的钢琴，
还是界限，将你我划清？

一起走的人

地图——致母亲

曾将您比作牵风筝的人
那摇摇曳曳的风筝如我
蹒跚学步
您生怕我跌倒
紧紧将我拉住
但那整片蓝、整片白、整片阳光的苍穹
拉长了您的线
以及和线一样长的思念

曾坚信您的目光
比阳光还要温暖
比月光还要柔软
我鲁莽闯进的每一片荆棘森林
总蠕动着
光斑点点

如今，您是一幅地图
我翻过的每一座山
是您脸上深陷的褶皱
我渡过的每一条河

是您手臂上浮起的经脉
我亲吻的每一寸土地
是您身上历尽沧桑的肌肤

母亲
请不要担心女儿会迷路
你永远是女儿的北极星
母亲
请不要怪罪女儿走得太远
我只是想带您去我们想去的地方
母亲
请不要害怕女儿会把您留下
无论走多远，将走之路怎能没有您?

小结——致妹妹

十四岁那年的篮球场
掠过你帅气的衣裳
假小子式的短发
剪了就剪了没什么大不了
桀骜不驯的外表
掩盖不了
你内心那根竭力往上爬的藤条

一句话就可以让你洗心革面
千言万语却无法让你改变
对梦想的深深眷恋
醇香书架前
你无言
只因梦想说多了就变成空谈
还是深藏心间

十九岁的阳光明媚得刺眼
你说那是最美丽的容颜
不娇柔不刻意
率性的一副白框眼镜

谁说那配不上笛子的古典

你的电视剧里
没有哭泣的女主角
你的电影里
没有拖沓的情节
你的纪录片里
悲伤也化成破茧的蝴蝶
你的情书里
连表白也很倔
没有什么可以让你矫揉
因为你的生命一直很简洁

去飞吧翱翔吧
没有什么可以让你停留
我们本来就都是不系之舟

这是上天给我们的恩赐——
独立与自由

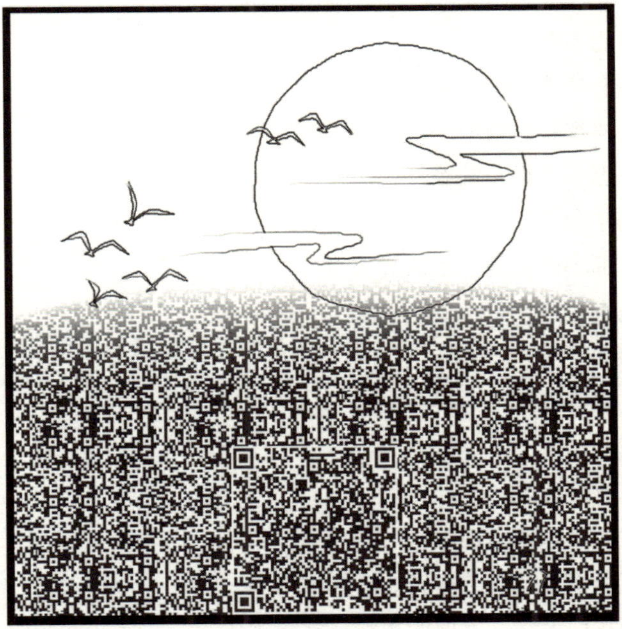

朴素的芬芳——致闺蜜

竟然想不起
与你有什么深刻回忆
十八岁那年的雨季
有一点点木棉花的香气
你偶尔会闻一闻
透过那小山似的书堆的缝隙
那是奋斗的年纪
我和你
各自想象着远方的美丽

十九岁的远方
没有了熟悉的木棉花
只有那岁月湖畔的摇曳的榕树根须
和着我们上学、下课的车铃　欢声笑语
哦　还有宿舍楼下莫名的小草
忍受着我们在走廊上彻夜深谈的打扰

日子平淡无奇
我问你
我们怎么就成了闺蜜？

你无言　我无语
竟然想不起这友谊的来历

只忆起
那天电话中的你若狂欣喜
你暗恋的他毫无征兆地牵了你的手
还反问你
“不可以啊?”
——“嗯，可以。”

这就是你的魅力
不刻意生成着一段段暖人情谊

愿
朴素的芬芳延续

盛夏老友行

老友相聚才能这般
总是来得正好
恰如时节变化
总是有当季的果实压满枝丫

十八岁的初夏
三华李红红，微酸
红的是熬夜修习后的眼圈
酸的是一起打球后的双肩
年华青涩
梦想很甜

时隔多年，
说走就走，一起去看看盛夏的果园
却发现错过了三华李的时节
荔枝正盛，像极了现在的我们
带着小刺的外壳，一点也不扎人
红得发紫的外表，轻易就能摘掉
甜甜绵绵的果肉，藏着坚硬的心

荔枝的季节即将过去
熟柿子正在期待
老友们
常聚，常来

疯子

假如有一天，
我疯了，
假如有一天，
我呆了，
该如何?

对着镜子，
呵呵笑着。
对着你人，
嘿嘿笑着。
拉着你手，
边摇边走，
全世界都透明了。

假如有一天，
我疯了，
假如有一天，
我呆了，
该如何?

签订合约，
与你守着。
拍个合照，
给我认着。
没关系的，
有你陪着，
你说的。

谁愿意疯着吗？
内心无尽的执着，
你在人海中一眼认出我。
灯光霓虹的闪烁，
只不过一刹烟火。

谁想要躲着吗？
人生的起起落落，
我在一路上陪伴你经过。
碧海蓝天的辽阔，
这就是我的承诺。

安慰

睡醒
眼睛上挂了两个小灯笼
梳妆台的镜子，好像照妖镜
昨晚的痛，瞬间现形

我随口抓住一些理由，哭诉
以为有棉花糖般的呵护
你却拿了把刺刀
刺准我心中的脓包
流了一地的真话
真得连我自己都惊讶

你说，
脓包刺破了，伤口就快好了

睡醒
眼睛上挂了两个灯笼
眼前的路应该更亮了吧

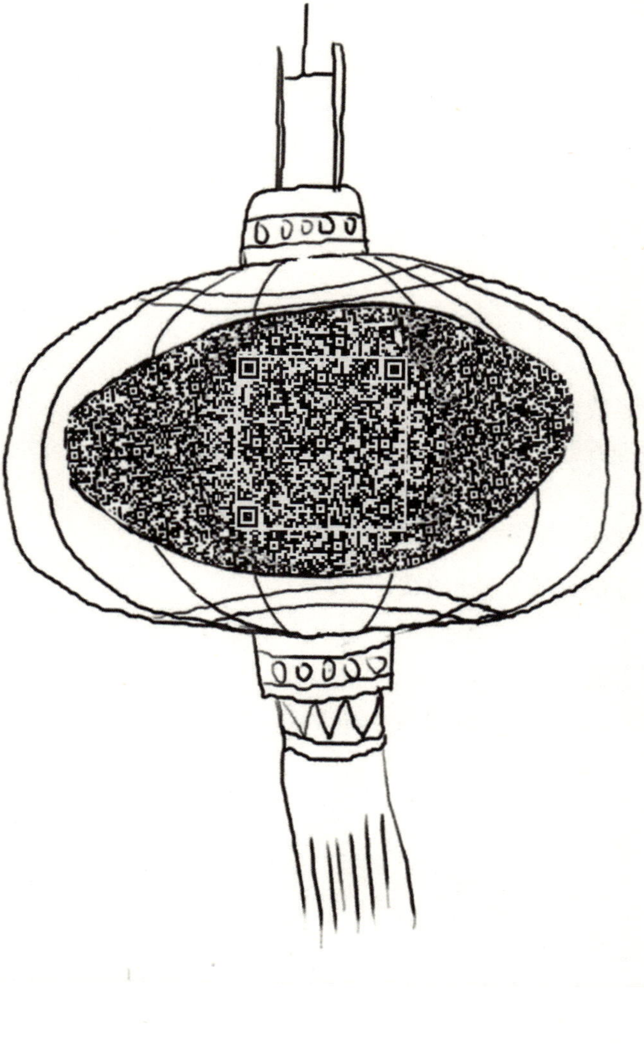

演讲

我想我快要疯了，
蚂蚁也会让我害怕。
我想我快要死了，
灵魂不在我身上。
嘘，
你抱紧我，
你说拥有臂膀就不用害怕。
噗，
你吻住我，
你说你的灵气在输送给我。
嘿，
你盯着我，
你说你的灵气就是你眼睛里的我。

碉楼情书

碉楼，
你的前世，
许是上帝手中一块精致的雕木，
遗落在这朴素的田间。

凭阑处，
那幽兰般的姑娘，
定是上帝掌上的一颗明珠，
随你下凡到这人间。

我要如何才能登上这美丽的城堡啊，
我要去见那幽兰姑娘。
悉心在碉楼旁种下一棵凤凰树，
等树长大了，
我就爬上这树的枝丫，
去亲吻那姑娘的脸颊。

收藏

把照片藏在相册里
阳光照不了
时间溜不进
风干不了盈盈笑脸
雨湿不了清澈双眼
恶搞捣蛋
温柔缠绵
谁在那一刻说不许拍
谁又后来偷偷藏起来

把照片藏在相册里
只为了
再看时
笑得像照片里那时的那个小孩

把发夹藏在衣兜里
忘记了
找不到
以为丢了
哪一天穿回那件衣服

顺手一伸
呦，原来你在这里！

把心爱的物品藏在某个地方
不是为了找回
而是为了惊喜

把你藏在心里
是荷尔蒙煮成浓郁咖啡
引诱了自己
是你我的电磁波共振出新的磁场
圈住了自己
总是会在茫茫人海中
虚构出一个你
总是会在某个陌生场景里
突然觉得那么熟悉
掠过你在的某时某刻某地

把你藏在心里
不为什么
禁不住而已

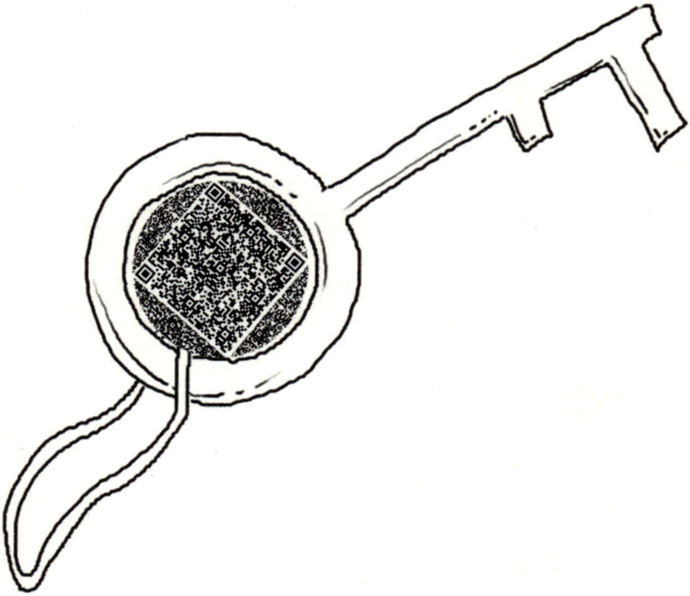

默默

宁静的图书馆
昏暗的灯光
默默地寻找你的肩膀
人来人往
遮挡了我的目光

用书折一只小船
想陪你一起去闯
不管前方是否有急流白湍

沸腾的体育馆
混乱的五官
默默地追视你的脸庞
熙熙攘攘
却没感到混乱

用手舞一双翅膀
想伴你一同飞翔
不管前方是否大雾弥漫

已经养成习惯
习惯走路时遥望
将人群看穿
听见你的呼唤

已经养成习惯
习惯看书时酝酿
深情款款
写下关于你的语段

已经养成习惯
习惯听歌时冥想
把音乐剪短
让思念放宽

一切都是梦幻
一切都如绸缎
只把我的心儿舞乱
不想你的船儿受拴

默默地为你心乱
为你心酸
为你做任何事都感到温暖